TIGGY WINKLE
TWO BAD MICE
DUCK
BENJAMIN BUNNY
FLOPSY BUNNIES

CLASSICO
Part of Cow & Bridge Publishing Co.
Web site : www.cafe.naver.com/sowadari
3ga-302, 6-21, 40th St., Guwolro, Namgu, Incheon, #402-848 South Korea
Telephone 0505-719-7787 Facsimile 0505-719-7788 Email sowadari@naver.com

The Tale Of
SQUIRREL NUTKIN
by Beatrix Potter

Published by Cow & Bridge Publishing Co.
First original edition published by Frederick Warne & Co. London
This recovery edition published by Cow & Bridge Publishing Co. Korea

ISBN 978-89-98046-43-9

다람쥐 넛킨 이야기

베아트릭스 포터 지음

Cow & Bridge
PUBLISHING COMPANY

노라를 위한 이야기

이번 이야기는 꼬리 이야기에요.

빨간 꼬마 다람쥐 넛킨의 꼬리요.

다람쥐 넛킨은 사촌들이 아주 많은데요.

그중엔 트윙클베리라는 사촌도 있답니다.

다람쥐들은 호숫가 숲 속에 살았어요.

호수 한가운데 있는 섬에는
밤나무, 잣나무, 도토리나무
온갖 나무들이 울창했는데
그중에 속이 텅텅 빈 떡갈나무에는
올빼미 할아버지 브라운이 살았어요.

어느 화창한 가을날.

밤이랑 잣이랑 익어 갈 무렵에

도토리나무 잎이랑 개암나무 잎이랑

알록달록 단풍이 물드는 계절에

넛킨하고 트윙클베리하고 다람쥐 친구들은

호숫가 근처로 모여들었답니다.

다람쥐들은 나뭇가지를 엮어 만든
작은 뗏목을 물 위에 띄우고
기다란 나뭇가지로 노를 저어
밤이랑 잣이랑 토토리를 주우러
브라운 할아버지가 사는 섬으로 건너갔어요.
다람쥐들은 작은 자루를 들고
꼬리를 돛처럼 활짝 펼쳐
바람을 타고 호수를 건너갔어요.

다람쥐들은 브라운 할아버지에게 드릴
통통한 생쥐 세 마리도 가지고 갔어요.
트윙클베리하고 친구들은 할아버지에게
공손하게 인사를 하면서 말했어요.
"할아버지, 할아버지, 올빼미 할아버지.
밤이랑 잣이랑 도토리를 주워 가도 될까요?"

하지만 넛킨은

나뭇가지에 매달린 **앵두**처럼

왔다, 갔다, 오르락, 내리락

너무나 정신없고 무례하게 굴었어요.

그리고 시끄럽게 노래를 불렀어요.

"내가 누군지 맞춰 봐요, 맞춰 봐요.

새빨간 외투를 입은 동그란 아이.

손에는 지팡이, 뱃속에는 씨가 들었어요.

내가 누군지 맞추면 선물을 드릴게요."

이건 아주아주 오래된 수수께끼인데

올빼미 할아버지는 신경도 쓰지 않고

가만히 눈을 감고 잠을 청했어요.

해가 저물기 시작하자 다람쥐들은
자루 속에 밤이랑 잣이랑 도토리랑
가득 채워 가지고
뗏목을 타고 집으로 돌아갔어요.

그리고 다음 날 아침.
다람쥐들이 다시 올빼미 섬으로 왔어요.
트윙클베리하고 다른 다람쥐들은
토실토실한 두더지 한 마리를
할아버지에게 선물로 드리면서 말했어요.
"할아버지, 할아버지, 올빼미 할아버지.
밤이랑 잣이랑 도토리를 주워 가도 될까요?"

하지만 버릇없는 넛킨은

촐싹촐싹 춤을 추면서

올빼미 할아버지의 코를

쐐기풀로 간질간질 간질이면서

흥얼흥얼 노래를 불렀어요.

“브라운 할아범, 수수께끼를 맞춰 봐요.

나는 담장 안에도 있고요.

나는 담장 밖에도 있어요.

만지면 손을 콱, 물어 버릴 거예요.”

그러자 브라운 할아버지가 눈을 뜨더니

두더지를 가지고 집 안으로 들어갔어요.

올빼미 할아버지는 문을 쾅! 닫았어요.
잠시 후 떡갈나무 꼭대기에서
푸르스름한 **연기**가 피어오르자
넛킨이 열쇠 구멍으로
방 안을 들여다보면서 노래했어요.
"집 안에도 가득하고 굴 안에도 가득한데
그릇에는 가득 담을 수 없는 건 뭐게요?"

다른 다람쥐들은 섬을 샅샅이 뒤지며
밤이랑 잣이랑 도토리를 주워
자루에 하나 가득 담았어요.
하지만 넛킨은 노랑 도토리, 빨강 도토리로
밤나무 밑동에 앉아 구슬치기를 하면서
브라운 할아버지네 문 앞을 지키고 있었어요.

셋째 날, 다람쥐들은 아침 일찍 일어나
브라운 할아버지에게 드릴
송사리 일곱 마리를 잡았어요.
그리고 호수를 건너
구부러진 밤나무 가지 아래 뗏목을 대고
올빼미 섬으로 올라갔어요.

트윙클베리와 동생 다람쥐 여섯 마리는
통통한 송사리를 한 마리씩 들고 갔지만
예의 없는 넛킨은 앞장서서 노래만 부를 뿐
아무런 선물도 들고 가지 않았어요.
그리고 또 수수께끼를 냈어요.
"어떤 바보가 물었지.
호수에는 **딸기**가 얼마나 많을까?
똑똑한 나는 대답했지.
숲에 사는 **송사리**만큼 많을걸?"
하지만 브라운 할아버지는
수수께끼에는 관심도 없었어요.
송사리라고 답을 알려 주었는데도 말이에요.

넷째 날,

다람쥐들은 **딱정벌레** 여섯 마리를 잡았어요.

하얀 콩떡 안에 든 까만 콩처럼

새카맣고 맛 좋은 딱정벌레요.

다람쥐들은 **딱정벌레**를 약초로 싸서

솔잎으로 잘 묶어 두었어요.

하지만 넛킨은 또 버릇없는 노래만 불렀어요.

"브라운 영감, 내 수수께끼를 맞춰 봐.

밀가루를 반죽해서 검은 자루에 넣고

가운데를 실로 꽁꽁 묶으면 무엇이 될까?

맞추면 반지를 주지."

하지만 그건 터무니없는 말이었어요.

넛킨한테는 반지가 없으니까요.

다른 다람쥐들은 도토리를 줍느라

덤불 속을 왔다가 갔다가 너무너무 바쁜데

넛킨은 덤불 속에 떨어진

엉겅퀴꽃을 주워다가

솔잎을 잔뜩 꽂아

바늘겨레를 만들면서 놀았어요.

다섯째 날, 다람쥐들은 **벌**집에서 꿀을 따서
브라운 할아버지네 문 앞에 놓았어요.
꿀은 아주 달콤하고 끈끈해요.
그래서 다람쥐들은 손가락에 묻은 꿀을
할짝할짝 핥아서 먹었답니다.
하지만 넛킨은 깡총깡총 뛰며 노래만 했어요.
"붕붕붕, 윙윙윙, 붕붕붕, 윙윙윙.
휘어진 나뭇가지 아래를 지나가면
통통한 녀석들이 날아 다녀요.
통통한 배에는 노랑 줄무늬,
어떤 녀석들은 등도 온통 노랗대요."

브라운 할아버지는 버릇없는 넛킨을
못마땅한 눈으로 힐끔 쳐다보고는
달콤한 꿀을 냠냠, 먹기 시작했어요.

다람쥐들은 자루에 도토리를 가득 채웠지만
넛킨은 널따란 바위 위에서
도토리와 솔방울로 볼링을 쳤어요.

여섯째 날, 그러니까 토요일.
다람쥐들이 마지막으로 섬에 왔어요.
방금 낳은 **달걀**을 갈대 바구니에 담아
브라운 할아버지에게 선물했어요.
하지만 넛킨은 맨 앞에 서서
웃으면서 노래했어요.
"흰 옷을 입은 동그란 아저씨가
냇가에 누워 있었는데
의사들도 장정들도
아저씨를 일으켜 세울 수가 없었대요."

브라운 할아버지는 달걀에 관심이 있었는지
한쪽 눈을 슬며시 떴다가
다시 감았어요.
하지만 여전히 한 마디도 하지 않았어요.

넛킨은 더, 더, 더 무례하게 굴었어요.
"올빼미 영감, 올빼미 영감.
왕의 신하들과 왕의 기사들도
당길 수 없는 고삐는 무엇일까요?
그건 궁전 부엌문에 달린 고삐래요."
넛킨은 나뭇잎 사이로 아른거리는 햇살처럼
촐랑촐랑 춤을 췄어요.
하지만 올빼미 브라운 할아버지는
아무 말도 하지 않았어요.

넛킨은 다시 노래를 부르기 시작했어요.
“하늘에서 떨어져 나와
땅을 향해 으르렁거리고
아무리 힘이 센 곰이라 해도
막지 못하는 것은 무엇일까요?”
넛킨은 휭휭, 코로 **바람** 소리를 내면서
브라운 할아버지 머리 위로 올라갔어요!
그러자, 눈 깜짝할 사이에
푸드덕푸드덕, 하는 소리와 함께
켁! 하고 큰 소리가 났어요.
깜짝 놀란 다람쥐들은
허둥지둥 수풀 속으로 흩어졌어요.

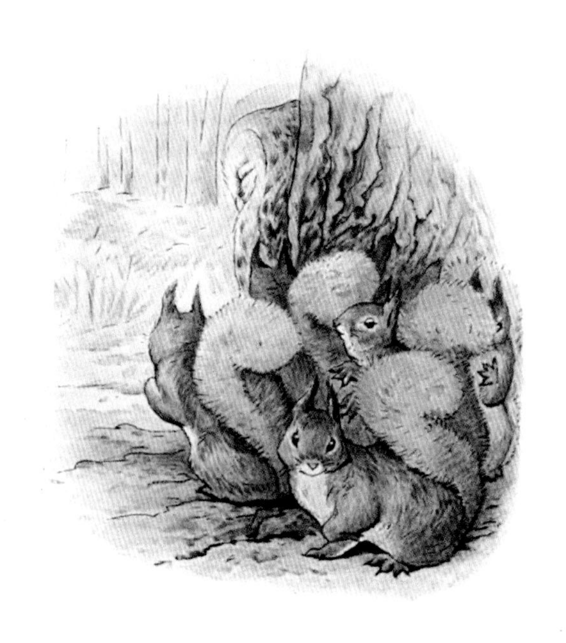

다람쥐들이 조심스레 다시 기어 나와
주위를 살펴보니
올빼미 할아버지는 아무 일도 없었다는 듯
문 앞에서 눈을 감고 있었어요.

그러나 넛킨은 올빼미 할아버지의
커다랗고 날카로운 발톱에 그만
붙잡혀 버렸어요!

이야기가 이렇게 끝날 것 같지만
아직은 끝이 아니에요.
브라운 할아버지는 넛킨을 잡아먹으려고
꼬리를 잡고 거꾸로 들어 올렸어요.
그러자 넛킨은 꼬리를 떼어 낸 다음
계단을 타고 다락으로 올라가
창문으로 빠져나갔어요.

여러분이 숲 속 오솔길을 걷다가
나무 위에서 꼬리가 떨어진 넛킨을 만나거든
수수께끼를 내 보세요.
그럼 넛킨은 나뭇가지를 집어 던지고
발을 동동 구르면서 이렇게 소리칠 거예요.
"찍찍찍, 찍찍찍."
이게 무슨 소리일까요?

어른한테 버릇없이 굴면 못써요.

– 끝 –

오리지널 피터래빗 시리즈 04

The Tale of Squirrel Nutkin
다람쥐 넛킨 이야기

1판 1쇄 2014년 12월 5일
지은이 베아트릭스 포터 **옮긴이** 김동근
발행인 김동근
발행처 소와다리
출판등록 제2011-000015호(2011년 8월 3일)
주소 인천광역시 남구 구월로 40번길 6-21번지 3가동 302호
전화 0505-719-7787
팩스 0505-719-7788
이메일 sowadari@naver.com

파본은 구입처를 통해 바꿔드립니다.

ISBN 978-89-98046-43-9